ANDREAS THALMAYR

alias Hans Magnus Enzensberger

LOUISIANA STORY

Mit Illustrationen von

Hannes Binder

Carl Hanser Verlag

Geschrieben 1957. Eine Hörspiel-Fassung wurde im selben Jahr vom Hessischen Rundfunk gesendet. Kleinere Druck- und Sachfehler des Erstdrucks (in: *Interview mit Amerika. 50 deutschsprachige Autoren in der neuen Welt.* Herausgegeben von Alfred Gong. München: Nymphenburger Verlagshandlung 1962. S. 256–287) wurden verbessert.

1. Auflage 2019

ISBN 978-3-446-26388-8

Umschlag: Peter-Andreas Hassiepen, München
Illustration: © Hannes Binder, Zürich
Satz im Verlag
Druck und Bindung: Friedrich Pustet, Regensburg
Printed in Germany

MIX
Papier aus verantwortungsvollen Quellen
FSC® C014889

LOUISIANA STORY

STIMMEN:

Der Erzähler

Aus dem Zettelkasten

Stéphanie Louvé, Parfumeuse

Mike Solomon senior, Museumswärter

Anita Solomon, Nackttänzerin

Ralph E. William, Ölspekulant

Frederick Louvé, Lotse

Mike Solomon junior, Pelzjäger

Carlos Williams, Sheriff

Josy Solomon, alte Voodoo-Schamanin

DER ERZÄHLER: Es war spät, fast Mitternacht geworden, als ich ankam. Die tropische Bläue der Nacht, der satte, süßliche Duft der Wälder, die laue Luft vom Golf her über die schnurgerade Küstenstraße mit ihren betäubenden Namen: Pascagoula, Biloxi, Lagoon Bonfouca, Bayou la Batre, Pontchartrain – das war einschläfernd und erregend zugleich. Ich atmete auf, als zwischen grell angestrahlten Motels und Tankstellen das Neon-Transparent erschien: *Welcome to New Orleans*. Durch die flackernden Lichtschlangen der Canal Street steuerte ich den Wagen zur Einfahrt des Hotels. Die Luft war bewegungslos und feucht. Ich war froh, in mein klimatisiertes Zimmer zu kommen.

Das Kühlgerät summte leise. Die Jalousien, halboffen, schrieben farbige Reflexe an die Wand. Ich war müde, und doch konnte ich nicht einschlafen. Ich dachte an das Abenteuer, dem ich auf der Spur war. Oder war es gar kein Abenteuer? War es nur eine Geschäftsreise? Ich nahm einen Papierbogen aus meiner Brieftasche und entfaltete ihn auf dem Schreibtisch. Die Leuchtröhren auf der Straße warfen ihre prismatischen Lichter darüber. Ich las mir die Namen auf der Liste vor, die ich mitgebracht hatte:

Stéphanie Louvé, 790 Toulouse Street, New Orleans;

Mike Solomon senior, Naturhistorisches Museum, New Orleans;

Ralph E. William, Villa Beauregard, Baton Rouge;

Josy Solomon, Venice;

Frederick Louvé, Lotsenstation, Pilottown;

Carlos Williams, Pilottown, und Mike Solomon junior, per Adresse Pilottown.

Diese Namen standen, saubergetippt, auf einem gedruckten Briefbogen. In der linken oberen Ecke war in feiner, geprägter Schrift der Name einer großen Kanzlei aus dem Osten zu lesen: *Priggins, Priggins, Phipps & Priggins, Solicitors.*

Ich versuchte noch einmal, mir die Adressen auf der Liste einzuprägen. Dann schlief ich ein.

Es war eine merkwürdige und einigermaßen komplizierte Geschichte, die mich an diesem glühenden Junitag nach Louisiana im tiefen Süden Amerikas gebracht hatte. Weil ich mir nicht alle Daten und Namen merken kann, müssen Sie mir schon erlauben, ein wenig in meinem Zettelkasten zu suchen. Hier sind die Details der Leute, die ich hier zu suchen hatte:

AUS DEM ZETTELKASTEN

Le Laurier, Jean-Baptiste, geboren 1795 oder 97 in New Orleans als Sohn des Grafen le Laurier, den der König von Frankreich in die neu gegründete Kolonie am Mississippi entsandt hatte, um den dortigen Behörden auf die Finger zu sehen. Jean-Baptiste kam zu einer Zeit zur Welt, da New Orleans bereits spanisch war. Er muß als Knabe die kurze napoleonische Episode und den Ankauf des Territoriums

durch die Amerikaner erlebt haben. Nichts deutet darauf hin, daß er jemals Englisch gesprochen hätte. Sein ererbtes Vermögen vergrößerte er rasch. Er kaufte Zucker- und Baumwollplantagen. Seine Ehe mit einer Spanierin blieb kinderlos. Le Laurier starb im Frühjahr 1858 an den Folgen eines Duells, das er mit einem Herrn de Boor ausgefochten hatte, einem Mann aus derselben Klasse von Sklavenhaltern.

DER ERZÄHLER: Die goldenen Jahre! Herr le Lurier hat sie erlebt. Sein Haus im *Vieux Carré,* der Altstadt von New Orleans, war eine Sehenswürdigkeit. Leider steht es nicht mehr. Auf den Plantagen gediehen Reis und Indigo, Baumwolle und Zucker. Der Fluß, an dessen Mündung die Stadt liegt, war zur Hauptschlagader der Kolonisation des Mittelwestens geworden. Die schön verzierten Raddampfer glitten in den Hafen und tauschten ihre Güter mit den transatlantischen Segelschiffen. Süß roch der Dollar der Konjunktur. Ein paar Dutzend Familien hatten das ganze Kapital in der Hand.

Es war eine Zeit voller Bälle und Feuerwerke.

Das Epikuräertum einer feudalen Clique entwickelte die einzige genuine Küche Nordamerikas, zu der das französische und das spanische Erbe Pate standen. Sie verdankt ihre Kunst der Würze der Nähe Mexikos und der Antillen, und ihren exotischen Duft dem Einfluß der Neger und der Indianer.

Diese eigentümliche kreolische Kultur hat die amerikanische Geschichte nicht verschont. Ihr Gewebe wurde bald zerrissen. In einem Land wie Louisiana, das in seiner kurzen Geschichte soviele Zungen hörte, ist es gut, wenn man ein Glossar zur Hand hat. Ich habe eine kleine Neigung zur Pedanterie. Daher zitiere ich so gern aus meinem Zettelkasten.

AUS DEM ZETTELKASTEN

Kreole, ein Maskulinum aus dem Französischen. Zugrunde liegt das lateinische *creare,* »hervorbringen, gebären«, das im Spanischen zu *criar* wird. Das Partizip Perfekt *criado* nimmt schon früh eine andere Bedeutung an und heißt »zu Hause zur Welt gebracht«. Mit einer Diminutivendung wird es portugiesisch zu *crioulo* und bedeutet einen »Sklaven, der im Haus seines Herrn geboren ist«. Später wird daraus schlichtweg ein »Weißer kolonialer Abstammung«, das »Mitglied einer rein französisch- oder spanischblütigen Familie«.

DER ERZÄHLER: Jean-Baptiste le Laurier war ein Kreole reinsten Wassers. Seine Gastfreundschaft war berühmt. Der Ballsaal in seinem Haus hatte das feinste Parkett der ganzen Stadt. Es bestand aus drei Lagen von Zypressenholz. Der Hausherr beschloß am *Mardi Gras* jeden Jahres den exklusivsten Ball des Carneval, indem er mit seiner schwarzmaskierten Frau eine wilde Polonaise anführte.

Aber diese Bälle der feinen Gesellschaft waren nicht die einzigen, auf denen er sich auszeichnete. Die Maske seiner Frau verbarg nämlich ein gekränktes und müdes Gesicht. Das lag daran, daß le Laurier auch auf den *Quadroon Balls* ein häufiger und geschätzter Gast war. Und hier muß ich wiederum mein Glossar bemühen; sonst versteht der Leser nicht, was das heißen soll.

AUS DEM ZETTELKASTEN

***Quadroon*, Substantiv. Das spanische *cuarto* kommt aus dem Lateinischen. *Quattuor* heißt vier, und ein *Cuarterón* ist zunächst bloß ein »Viertelpfund«. Aber in Louisiana wurde daraus bald ein »Viertelmischling«, eine »Person mit einem Viertel Negerblut«.**

DER ERZÄHLER: So verführerisch waren die Quadroon-Mädchen mit ihrer zarten, olivgetönten Haut, mit dem Schmelz ihrer Augen und der Geschmeidigkeit ihres Ganges, daß manche von ihnen die Schönsten unter den Kreolinnen ausstechen konnten.

Die subtile Heuchelei des neunzehnten Jahrhunderts fand eine Lösung, wie die brutale Ungleichheit von Weiß und Farbig behauptet und zugleich das Tabu der Liebesverbindung zwischen den Rassen umgangen werden konnte. Hinter geschlossenen Vorhängen veranstalteten die reichen Pflanzer Bälle besonderer Art, zu denen die Quadroon-Mädchen, sonst durch Gesetz gezwungen, das diskriminierende gefleckte Kopftuch auf der Straße zu tragen, eingeladen waren. Auf einem solchen Ball begegnete le Laurier einem Mädchen namens Stéphanie Solomon.

Das Zimmer seiner Frau betrat er seitdem nicht wieder, und sie starb kinderlos ein paar Jahre später. Für Stéphanie aber baute er eine kleine, elegante Villa an der Rampart Street. Es gibt eine kleine Miniatur aus jener Zeit, die sie auf dem Zenit ihrer fragwürdigen Karriere zeigt. Ihr Gesicht muß atemberaubend gewesen sein.

Dreimal schoß er sich ihretwegen mit Rivalen aus seiner eigenen Klasse. Bei seinem dritten Duell spielte er zu hoch. Sein Gegner war der beste Schütze von Louisiana. Er traf ihn unter den Korkeichen im Park zwei Zoll unterm Herzen.

Die Eröffnung des Testaments wurde zu einem kleinen Skandal: Le Laurier hinterließ sein beträchtliches Vermögen der viertelblütigen Stéphanie. Er war rechtzeitig gestorben; der Schatten von Schuld, der über der hektisch blühenden Stadt lag, war immer länger geworden. Der Glanz der goldenen Jahrzehnte war zu billig erkauft worden auf den Versteigerungen in der *Exchange Alley*, der Sklavenbörse.

Bald sollte sich die Geschichte rächen. 1861 brach der Bürgerkrieg aus, und wenige Jahre später kam es zu blutigen Zusammenstößen zwischen Schwarzen und Weißen. In den folgenden Jahrzehnten der Depression verrosteten die schönen Gitter im *Vieux Carré*, und das Unkraut machte sich in den herrlichen Patios breit. Das ganze Viertel begann sanft zu verrotten. Der touristische Betrieb von heute versucht, die angeschimmelte Pracht des Viertels als romantisch und malerisch anzupreisen, um aus der alten Schäbigkeit Kapital zu schlagen.

Stéphanie ist den schlechten Zeiten von New Orleans entgangen. Sie faßte einen sehr merkwürdigen Entschluß. Ein Jahr nach dem Tod le Lauriers schiffte sie sich in das fremde, protestantische Boston ein. In ihrer Kabine lag ein kleines, weißgekleidetes Mädchen, das ihren Namen trug. Sie wird es nicht leicht gehabt haben in Boston. Die puritanische Gesellschaft der Stadt zeigte sich gegen die exotische Außenseiterin abweisend, die ihre Herkunft und Vergangenheit so sorgfältig geheimhielt.

Aber ihr Vermögen, das im Süden in den Wirren des Krieges und durch die Inflation des *Confederation*-Dollars unweigerlich zugrunde gegangen wäre, ihr Vermögen hatte Stéphanie gerettet. Sie soll auf ihre alten Tage sehr fromm, ziemlich geizig und gerissener denn je geworden sein.

Eine melodramatische Geschichte, finden Sie nicht auch? Aber Louisiana ist ein melodramatisches Land. Wenigstens dachte ich so, ehe ich es sah.

AUS DEM ZETTELKASTEN

Louisiana ist ein Eigenname. Durch la Salle im Jahre 1682 für die französische Krone beansprucht und nach Ludwig dem Vierzehnten benannt, wurde das Land 1803 von Napoleon für achtzig Millionen Franc an die Vereinigten Staaten verkauft. Die Transaktion bedeutete für die Union praktisch einen Rechtstitel auf alle Territorien westlich des Mississippi bis zum Pazifik, da eine Westgrenze von Louisiana in dem Vertrag nicht festgelegt worden war.

DER ERZÄHLER: Ich hatte immer den Wunsch, einmal nach Louisiana zu reisen. Ich bin Franzose, von Beruf Rechtsanwalt. Die Zeit war mir lang geworden in Boston, wo ich mich im amerikanischen Zivilrecht umsah. Ich war die rechte Hand des Juniorpartners in der Anwaltsfirma *Priggins, Priggins* und so weiter. Die Kupferplatte am Haus war immer blank geputzt.

Eines Tages, vor ungefähr zwei Jahren, betrat eine alte Dame die düsteren Geschäftsräume, um ein Testament aufzusetzen. Sie hieß Suzanne Solomon. Eine typische Neuengländerin mit höchst konservativem Akzent, protestantisch bis auf die Knochen, wie mir Mr. Priggins versicherte. Sie war siebzig Jahre alt. Ihr verdanken wir die unwahrscheinliche Lebensgeschichte des Herrn le Laurier. Sie hatte Louisiana nie gesehen, das sie offenbar stets als eine höchst heidnische Gegend betrachtete.

Ihre Mutter Stéphanie hatte ihr gestanden, daß sie wahrscheinlich nicht das einzige Kind der bekehrten Kurtisane war. Ihre Geschwister oder deren Nachkommen müßten noch irgendwo in jenem südlichen Sündenpfuhl leben. Nun wollte Suzanne Solomon das Zuckervermögen ihres Geliebten, das sich inzwischen vervielfacht hatte, diesen fernen Kindern und Kindeskindern der Liebe hinterlassen, um sie womöglich auf einen respektablen Lebensweg zu führen.

Es war schon ein paar Monate her, daß die alte Dame das Zeitliche gesegnet hatte. Normalerweise hätte die Kanzlei nun ihr Testament ausgeschrieben und die mutmaßlichen Erben aufgefordert, ihre Ansprüche anzumelden. Das ließ sie bleiben, weil das Vermögen sehr groß war. Solche Anwälte wissen aus Erfahrung, daß Hunderte von Claims einlaufen würden, von denen die meisten völlig unsinnig gewesen wären und die Kanzlei monatelang mit nutzloser Arbeit belastet hätten.

Da war es besser, die wirklichen Erben zweifelsfrei festzustellen und erst dann *pro forma* eine Bekanntmachung in den Zeitungen zu veröffentlichen. Die Recherche sollte ich übernehmen. Das war mir recht. Ich war aktenmüde und wollte Louisiana sehen. Eine Auskunftei verschaffte uns eine Liste von aussichtsreichen Kandidaten. Mit der Genealogie Stéphanie Solomons und den verwickelten Mutmaßungen, die sich daran knüpfen, möchte ich Sie nicht langweilen. Jedenfalls fuhr ich so bald wie möglich nach New Orleans.

AUS DEM ZETTELKASTEN

Ursprünglich hieß die Stadt *La Nouvelle Orléans.* Der Begründer der Stadt, Jean Baptiste le Moyne, Sieur de Bienville, taufte die neue Siedlung auf den Namen seines Auftraggebers, des Herzogs von Orléans. Sie überstand einen Wirbelsturm, zwei große Feuer, Überschwemmungen, Stürme und Seuchen.

DER ERZÄHLER: Mein erster Morgen in New Orleans war trüb und drückend. Die Toulouse Street war eine kleine Straße in der Altstadt, voller Antiquitätengeschäfte, in denen haarsträubend imitierte Barockleuchter und billiges Chinaporzellan verkauft wurden. Unvermittelt begann es heftig zu regnen. Der Wolkenbruch kam ohne Warnung. Die erschreckten Touristen hielten sich Zeitungen über die Köpfe und rannten ins nächste Restaurant. Ich stellte mich unter eine Markise und sah zu, wie die Blasen über das überschwemmte Pflaster tanzten. Die Markise beschützte ein kleines, altmodisches Schaufenster. Hinter den winzigen Scheiben ruhten auf Samt gepolsterte schlanke Flakons, neben ihnen eine Visitenkarte mit der Aufschrift: *Louvé Parfumeur.* Ich trat ein. Eine häßliche, gütig aussehende alte Dame empfing mich.

STÉPHANIE LOUVÉ: Bitte sehr, mein Herr, treten Sie nur ein und nehmen Sie Platz. Ihr Rock ist ganz durchnäßt. Oh, keine Sorge wegen des Brokats! Er ist nicht alt. Die Fauteuils, sehen Sie, sind echt, aber die Bezüge haben wir erneuern müssen. Sie verstehen etwas von Möbeln? Sie sind aus den ersten Jahren des Empire, ganz recht. Sind Sie Franzose? Aber natürlich, ich bin entzückt, Französisch sprechen zu können. Heutzutage ist es eine tote Sprache in New Orleans. Das ist traurig, aber wahr. Ja, ich bin Stéphanie Louvé, Monsieur. Ich hätte nicht gedacht, daß der Ruf meiner Parfums bis über den Atlantik gedrungen ist. Hier in den Staaten kennt man unsere Firma nicht. Das liegt nicht an den Parfums; die sind sehr gut. Überzeugen Sie sich nur! Auf dem Kamin finden Sie Proben. Diese porösen Duftstäbchen sind meine Erfindung, sie halten das Bouquet monatelang fest. Wenn ich Ihnen raten darf, so legen Sie den Zigarillo weg, und nach jeder Probe müssen Sie an die Tür treten, sonst werden Sie – wie soll ich sagen? – duftblind. Das hier ist *Grandee*, ein ziemlich herbes Destillat auf einer Kräuterbasis, etwas Farnextrakt verwende ich dafür auch. Und hier *Creole Days* – etwas Schweres, für eine dunkle Dame. *Magnolia* ist süßer, probieren Sie nur!

AUS DEM ZETTELKASTEN

Magnolia ist eine neulateinische Bildung nach dem französischen Botaniker Magnol, der den Baum als erster beschrieben hat. Die Magnolie ist die Wappenblume des Staates Louisiana.

STÉPHANIE LOUVÉ: Und schließlich hier mein Lieblingsbouquet. Ich habe zwanzig Jahre lang damit experimentiert. Zuerst, wissen Sie, fällt einem ein Duft ein, den es auf Erden noch nicht gibt. Es ist geheimnisvoll: man kennt ihn, ohne ihn je geschmeckt zu haben. Dann beginnt die Suche nach Ölen und Essenzen, die ihm ähneln. Man kreist ihn ein. Man riecht an Hölzern, Blüten, Kräutern, man destilliert und mischt. Und eines Tages hat man ihn. Manchmal dauert es Jahre, manche Düfte bleiben Träume. Ich habe Glück gehabt, ich habe ihn erjagt. In Paris und in Grasse hat man seinesgleichen nicht. Ich habe ihn *Spanish Moss* getauft.

AUS DEM ZETTELKASTEN

Substantiv mit attributiv verkürztem Adjektiv. In Louisiana heißt so eine graue, moosartige Pflanze aus der Familie der Ananas. Das Gewächs hängt in feierlichen, schweren Flechten von den Kronen der Korkeichen herab. Seine feinen, gespinstartigen Luftwurzeln erlauben ihm, alle Nährstoffe durch direkte Assimilation zu gewinnen. Der Name ist insofern irreführend, als es sich weder um eine in Spanien beheimatete, noch überhaupt um eine Moospflanze handelt.

STÉPHANIE LOUVÉ: Es freut mich, daß Sie das Parfum intriguiert. Ich packe Ihnen gern ein paar Flakons ein. Übrigens: wundern Sie sich nicht, wenn Sie unterwegs Spanisch Moos finden. Es ist vollkommen geruchlos. Der liebe Gott hat vergessen, ihm einen Duft zu verleihen. Was tut ein Parfumeur anderes, als die kleinen Lücken der Schöpfung zu schließen? Ich bitte sehr. Sie finden meinen Preis gering? Sehen Sie, mir liegt nicht viel an Geschäften. Ich könnte hundertmal mehr verkaufen, wenn ich ein Dutzend Leute einstellen und Geld für Reklame ausgeben würde. Aber wozu denn? Eine Parfumfabrik, das ist ein Widerspruch in sich selbst. Und die Reklame, was für ein Unsinn. Macht es Vergnügen, Parfum für Leute zu machen, die man niemals zu Gesicht bekommt? Ich verkaufe meine Sachen nur an Passanten. Das sind Begegnungen des Zufalls und der Laune. Ich bin allein mit meinen kleinen Geheimnissen, den Rezepten, die niemand erben wird, mein eigner Hersteller, Buchhalter, Verkäufer, Sekretär. Kommen Sie, wenn Sie Lust haben, dann zeige ich Ihnen das Haus ein wenig. Der Regen hat noch nicht nachgelassen, vertreiben wir uns also ein paar Minuten. Dies hier war einst das Speisezimmer. Sie können es am Lüster sehen, an den Blumenstöcken und Spiegeln. Jetzt stehen die Ballons mit den Essenzen hier und die blauen Flaschen mit den ätherischen Ölen. Ich habe ein paar Leute tief im Delta, die Blumen, Farn und Kräuter für mich sammeln. Manchmal bestelle ich auch ein paar Karaffen aus Grasse oder Digne, die Rosenöle oder den Moschusextrakt bekommt man hier nicht.

Werfen Sie auch einen Blick in den Patio, wir haben einen kleinen Brunnen und allerhand Orchideen, und es ist angenehm, abends dort zu sitzen.

AUS DEM ZETTELKASTEN

Substantiv. Das spanische Wort *patio* ist auch im Englischen gebräuchlich und besagt soviel wie ein »allseitig ummauerter Innenhof in herrschaftlichen Stadthäusern Spaniens, Lateinamerikas und Louisianas«. Lateinisch *pateo* bedeutet »offen sein, unter freiem Himmel liegen«. Ein Patio wirkt in heißen Zonen als natürliche Klimaanlage: die hohen weißen Mauern spenden Schatten und verstärken die Luftzirkulation.

STÉPHANIE LOUVÉ: Wenn Sie mir hier herauf folgen wollen, so können Sie den großen Salon sehen. Früher wurden hier große Bälle gehalten, die Amouretten an der Stuckdecke und das schmiedeeiserne Gitter vor den hohen Balkontüren wissen mehr davon als ich. Nein, ich bin nicht in diesem Haus geboren. Mein Elternhaus ist verbrannt.

Sie suchen Stéphanie Solomon? Ich habe den Namen nie gehört. Wer soll das sein? Eine Vorfahrin von mir? Erzählen Sie! Sie wissen viel über das alte New Orleans, wie es scheint. Ein *Quadroon Girl*? Monsieur, Sie mißbrauchen meine Gastfreundschaft! In meiner Familie gibt es keine Kurtisanen. Was fällt Ihnen ein! In meinen Papieren nachsehen? Es könnte vorteilhaft für mich sein? Gibt es einen Vorteil im Beweis der Unehre? Ich hätte besser von Ihnen gedacht, mein Herr. Sie brauchen keine Summen zu nennen. Der Betrag ist mir gleichgültig. Mit jener Dame habe ich nichts zu tun. Ihre Entschuldigung nehme ich an. Ihr Beruf zwingt Sie dazu, solche Fragen zu stellen. Es ist ein gefährlicher Beruf. Hoffentlich verleitet er Sie nie dazu, die Ehre einer alten Familie geringzuschätzen. Es war mir ein Vergnügen. Adieu, Monsieur.

DER ERZÄHLER: Es hatte aufgehört zu regnen. Der Besuch hatte mir einen zauberhaften Duft und die Bekanntschaft einer echten Kreolin eingetragen, aber der Lösung meiner Aufgabe war ich nicht viel näher gekommen. Madame wäre lieber verhungert, als Anspruch auf ein anrüchiges Vermögen zu erheben.

Ich aß eine Kleinigkeit zum Lunch. Dann ging ich ins Naturhistorische Museum. Es war nur ein paar Ecken weit am Jackson Square, ein großer gelbgetünchter Bau, dessen Fassade eine vage Erinnerung an das europäische Barock verriet. Sein Inneres bestand aus Gewölben und Gängen, aus schweren, dunklen, knarrenden Treppen, und in der Luft lag ein Geruch von Kampfer, Staub und Weihrauch. Ich erriet, daß das Haus einst der Geistlichkeit als Kloster oder Ordinariat gedient hatte. Die Stille und Kühle darin zeugten von Besonnenheit und von der Lebenskunst der Kurie.

Das Museum war offenbar eine frühe Gründung. Es hatte die halbdunklen Winkel, die Absurditäten und ausgestopften Wildnisse alter Kuriositätenkabinette – nichts von der instruktiven, bequemen Sachlichkeit moderner Museen. Fische hingen von der Decke herunter, in Guckkästen wucherte exotisches Gebüsch, versiegelte Briefe unter Glas, alte Seekarten, Baumrinde, unleserliche Dokumente. In dunklen Flaschen überlebte vergorene Vergangenheit. Aus allen Ecken starrten mich Tiere an. Im zweiten Stock saß zwischen Skeletten ein Mann mit einem Stock zwischen den Knien. Er trug einen Vollbart. Ich erschrak fast, als er mich ansprach. Er war unbeweglich dagesessen wie eine Puppe.

MIKE SOLOMON SENIOR: Haben Sie den Narwal gesehen? Ein seltenes Stück! Und den Otter mit den zwei Köpfen? Man kann viel lernen in diesem Museum, wenn man lange genug darin herumläuft, fast alles auf der Welt kann man hier drin lernen. Sehen Sie mich an, mein Herr! Ich, Mike Solomon, habe kein Wort lesen und schreiben können, als ich hier anfing. Ich war fünfzehn und brachte dem Direktor einen toten Kranich, den wir gefunden hatten, einen Kranich mit einem goldenen Schopf. Er hatte nie so einen gesehen. Ich bin aus dem Delta, ich kenne die Vögel. Es gibt alle Vögel der Welt dort unten in den Sümpfen. Aber was hat man von den Vögeln, wenn man ihre Namen nicht kennt? Hier haben sie alle ein Etikett, und wenn es nicht vergilbt oder verwaschen ist, kann ich es lesen.

Der Direktor hat mich angestellt, ich habe die Polypen in Spiritus gelegt und die Seeanemonen. Ich merke mir ihre Namen und kann sie hersagen. Aber noch etwas viel Besseres hat das Museum: Die Vögel sterben nicht. Man findet sie nicht morgens auf dem Sand mit zerrissenen Flügeln, und die Sonntagsjäger aus der Stadt können sie nicht von ihren Jachten aus schießen. Der Pelikan, sehen Sie her! Er ist der schönste. Draußen ist er fast ausgestorben, wir bewahren ihn auf, damit die Kinder ihn betrachten können, wenn die letzten Pelikane verschwunden sind.

AUS DEM ZETTELKASTEN

Spätlateinisch *pelicanus* ist ein ausgesprochenes Gelehrtenwort, das sich von griechisch *pelekan* herschreibt. Vielleicht liegt Verwandtschaft mit *pelekous*, der Axt, vor. Der Vogel wird in Psalm 101 und in der Legende genannt. Dort ernährt er seine Jungen mit dem eigenen Blut. Er wird zum Sinnbild Christi erhoben. Übrigens ist er der Wappenvogel des Staates Louisiana.

MIKE SOLOMON SENIOR: Ja, wir haben ein gutes Museum. Ich wohne hier, habe eine Stube im Dach. Ich gehe selten weg, vor allem nicht über die Straße. Dort ist das Historische Museum von Louisiana. Ich versteh nicht, was sie für ein Getue mit ihrer Geschichte haben. Die Geschichte von Louisiana! Eine einzige Schweinerei, wenn

Sie mich fragen. Mord und Totschlag. Lauter finstere Geschäfte. Die Gouverneure waren die Schlimmsten. Ich habe noch ein ganz schönes Stück von dieser Geschichte gesehen, gottlob, daß das vorbei ist. Aber die Leute vergessen so schnell. Die Goldmünzen, die Juwelen, die Fahnen, das macht ihnen Spaß, das sehen sie gern. Freilich, da drüben hängen sie keine Peitschen aus und keine Negerhäute. Mir sind meine Vögel lieber!

Was meinen Sie? Daß es hier nach Weihrauch riecht? Sie müssen eine gute Nase haben, mein Herr, weiß der Teufel. Das muß schon gute achtzig Jahre her sein, daß die letzte Kutte hier im *Cabildo* aus- und einging. Ja, so nannten wir es früher, *Cabildo,* ich weiß auch nicht, was das heißt.

AUS DEM ZETTELKASTEN

Dem kirchenlateinischen *capitulum,* Domkapitel, liegt lateinisch *caput,* das Haupt, zugrunde. Durch Metathesis entsteht das gleichbedeutende spanische *cabildo.* Die Bedeutung erweitert sich später zu »Stadtrat«. Das gleichnamige Haus in New Orleans hat beiden Institutionen gedient. Sein Name ist abgekürzt aus *El Ilustrísimo Cabildo.* So lautete der volle Name der Behörde, die früher hier war.

MIKE SOLOMON SENIOR: Meine Vorfahren? Sie haben ja eine sonderbare Art, einen auszufragen. Sehe ich so aus, als ob ich Vorfahren hätte? Das ist ja zum Lachen. Bei uns im tiefen Delta hat man keine Ahnentafeln. Mein Vater hat Jacques geheißen. Er war ein hartgesottener Mann. Ich bin ihm mit zwölf Jahren davongelaufen. Mehr weiß ich nicht. Wozu auch? Halten Sie sich an die Kormorane und an die Schnepfen, mein Herr, da werden Sie keine Enttäuschungen erleben. Was sagen Sie? Eine Erbschaft? Wollen Sie sich lustig machen über einen alten Museumsdiener? Nein? Sie meinen es ernst. Ja, dann soll es mir recht sein. Nur zu! Immer heraus mit der Erbschaft. Papiere? Aber ich habe doch keine Papiere! Ich habe Ihnen gleich gesagt, daß ich weder schreiben noch lesen konnte. Dort im Sumpf gab es keine Schulen. Fragen Sie lieber meine Verwandten, fragen Sie die alte Josy, vielleicht weiß die etwas von einer Suzanne Solomon ... Ich schreibe Ihnen meine Adresse auf, falls Sie mir die Erbschaft zuschicken wollen. Oder kommen Sie einfach wieder hierher ins Museum, täglich von zehn bis fünf. Sie haben die Edelhölzer und die Schmetterlinge noch nicht gesehen ...

DER ERZÄHLER: Es war ihm anzumerken, daß er mir kein Wort glaubte. Ich bekam langsam das Gefühl, daß ich meine Sache vom falschen Ende her anfing. Bei meiner nächsten Kandidatin würde ich es besser machen.

Ich nahm ein Taxi in die Dolores Avenue. Die Hausnummer gehörte zu einem verlotterten Appartmenthaus. Die Treppenbeleuchtung war kaputt. Mit Hilfe meines Feuerzeuges fand ich den Namen Anita Solomon an einer Tür, von der der Lack abgeplatzt war. Der schwarze Concierge hörte mich klopfen. In der Bourbon Street, sagte er, werden Sie die Anita finden. In der Pause sitzt sie immer in Turcos Bar. Ich verstand nichts, gab ihm einen Halbdollar und fuhr zur Bourbon Street.

Dort findet das Nachtleben von New Orleans statt, in einer Triumphstraße des Tourismus. Die Photos vor den Nachtklubs spiegeln den trüben Kompromiß zwischen der öffentlichen und der privaten Moral Amerikas wider. Drinnen spielen scharlachrot gekleidete Neger lustlos einen Jazz, der vor zwanzig Jahren gestorben ist. In den Stimmen der Portiers, die die Pikanterien ihrer Lokale anpreisen, schlägt die Langeweile durch. Trostloser kann nur Montmartre sein, wenn die Autobusse ihre Fracht ausladen.

Turcos Bar glich allen anderen Bars der Welt, die Nepp, Schummerlicht und Verlorenheit zu bieten haben. Die Jukebox heulte einen Calypso-Song, und der Barman zeigte mir Anita, die an einem kleinen Tisch in der Ecke saß. Sie war allein.

ANITA SOLOMON: Anita Solomon? Jawohl, mein Junge, da sind Sie an der rechten Adresse, die bin ich. Was wollen Sie, einige Auskünfte? Sind wohl von der Polizei, was? Nein, eigentlich sehen Sie ganz anständig aus. Meine Eltern? Nach denen hat mich in meiner ganzen

Karriere noch keiner gefragt. Sie sind ein komischer Typ. Na, wenn Sie es ganz genau wissen wollen, meine Eltern waren in Storyville zuhaus. Das gibt es heute nicht mehr. Sie sind wohl zu jung und haben nie was davon gehört.

AUS DEM ZETTELKASTEN
Storyville war ein Viertel in New Orleans zu beiden Seiten der Basin Street. Es war benannt nach einem Stadtrat Story, der dafür sorgte, daß die Prostitution in diesem Quartier legalisiert wurde. 2000 Dirnen gingen in diesen achtunddreißig Häuserblocks ihrem Gewerbe nach. Ein jährlich erscheinendes Adreßbuch, das sogenannte *Blue Book*, verzeichnete auf fünfzig Seiten ihre Namen, Adressen und Spezialitäten. Der Preis des Heftes betrug 25 Cents. Kurz bevor Storyville im Jahre 1917 geschlossen wurde, erlebte der Dixieland-Jazz dort seine Blütezeit.

ANITA SOLOMON: In Storyville bin ich groß geworden. Es war ein Saustall. Meinetwegen können sie heute Bücher darüber schreiben, wie gut der Jazz damals gewesen ist und was für eine tolle Zeit das war. Aber lustig war es nie, das können Sie mir glauben. Ein Haufen schmutziger Baracken voller Niggerkinder, das ist alles, was davon übrig ist.

Übrigens, Sie können mich Annie nennen und zu einem doppelten

Wodka einladen. Sagen Sie bloß nicht Tamara zu mir, Tamara, die lächelnde Tigerin von Arabien. So heiße ich da drüben, gegenüber, wo ich arbeite. Ich bin ein *burlesque stripper*, ich nehme an, Sie wissen, was das ist. Und wenn nicht, na, dann können Sie sich's ja ansehen.

AUS DEM ZETTELKASTEN

Das lateinische Wort *burra*, »zottiges, scheckiges Gewand«, das vielleicht mit *burrus*, rot, bunt (von griechisch *purrhos*), zusammenhängt, bedeutet, im Plural verwendet, schon bei Ausonius soviel wie »Possen«. Es liefert den lateinischen Diminutiv *burrula*, aus dem italienisch und spanisch *burla* stammt. Hierzu stellen sich italienisch *burlesco* und französisch *burlesque*. Von dort aus dringt das Wort nach England. Erst in Amerika bezeichnet es eine weitverbreitete und hochspezialisierte Form des Bauch- und Entkleidungstanzes, wobei die Tänzerinnen genau darauf achten, daß Laszivität und grober Spaß sich die Waage halten.

ANITA SOLOMON: Tamara, die lächelnde Tigerin. Das muß ich fünfundzwanzigmal am Tag hören. Der Conferencier hat ein grünes Hütchen auf, und er meckert jedes Mal wie eine Ziege, wenn so ein junger Schnösel das rote Los aus dem Hütchen zieht, das ihn berechtigt, meinen Hintern aus der Nähe zu sehen.

Sie werden mich hoffentlich nicht in Ihr Hotel einladen. Ich gehe mit niemandem ins Hotel. Ich glaube, ich habe es verlernt. Ich weiß nicht warum. Es ist eine härtere Arbeit, es den sabbernden Onkeln auf der Bühne vorzumachen, als es wirklich zu tun. Jede Nacht von acht Uhr abends bis vier Uhr früh. Ich habe sechzehn Auftritte, und meine Routine ist die beste im Lokal. Ich habe Bauchmuskeln aus Stahl, aber wenn ich nach Hause komme, muß ich mich mit Sprit einreiben, sonst kann ich nicht schlafen. Das brennt wie die Hölle.

Ich werde dafür ganz gut bezahlt. Es ist ein Beruf wie jeder andere. Im Büro verreckt man ebenso, nur dauert es vielleicht länger. Wir haben eine Gewerkschaft, die sorgt schon dafür, daß das Fleisch nicht unter einen bestimmten Preis sinkt. Ich habe ein paar tausend Dollar auf der Bank. Wenn ich vierzig bin, ist Schluß. Dann ziehe ich nach Venice hinaus, ins Delta.

Warum schauen Sie so auf meine Fingernägel? Das Fleisch darunter hat eine zarte braune Tönung. Sie können es ruhig wissen, ich bin eine Mulattin. Was ist da Besonderes dabei? Viele laufen herum, die sich weiß gebärden, und sind es nicht.

AUS DEM ZETTELKASTEN

Unechte Araber, besonders solche, die aus einer Vereinigung von Schwarzen und Weißen entstanden sind, heißen arabisch *muwallad*. Daraus ergibt sich spanisch und portugiesisch *mulato*, Negerhalbblut. Die übliche Anknüpfung an lateinisch *mulus*, Maultier, ist wissenschaftlich nicht haltbar.

ANITA SOLOMON: Woher wissen Sie eigentlich meinen Namen? Vielleicht haben Sie ihn damals in der Zeitung gelesen, als meine Schwester umgekommen ist. Nein? Das war auch eine Art von Ruhm. Es ging damals durch alle Blätter, und die Wochenschau kam angereist. Wenn Sie Lust haben, kann ich Ihnen die Geschichte ja erzählen. Also meine Schwester, die war noch einen Ton heller als ich. Vielen Mulattinnen sieht man es einfach nicht an, und natürlich wollte sie nicht wahrhaben, daß sie eine war. Sie hatte sich in einen schicken Jüngling verliebt. Der arbeitete auf einer Bank und war immer tadellos angezogen. Pikfeine Familie. Große Liebe, Verlobung, was weiß ich. Sie wollte auf einmal nichts mehr von uns wissen und ging uns aus dem Weg. Wir wußten nicht einmal ihre Adresse. Na, eine Weile ging das gut. Bis den beiden eines Tages meine Mutter auf der Straße begegnete. Sie würden gar nicht glauben, daß es meine Mutter ist, sie ist richtig schwarz, eine alte Negerin, so breit wie eine Mississippifähre. Daß sich einst in Storyville die Männer um sie rissen, sieht man ihr wahrhaftig nicht an. Sie sah meine Schwester und steuerte mit Volldampf auf sie zu, küßte, umarmte sie und machte ihr eine kleine Szene, weil sie davongelaufen war. Wer ist das, fragte der Junge, ist das deine Mutter? Meine Schwester zitterte. Noch am selben Abend hat er zuerst meine Schwester erschossen und dann sich selber. *Bloody End of Mixed Romance*, schrieben sie in der *Picayune*. So heißt die größte Zeitung hier in New Orleans.

AUS DEM ZETTELKASTEN

Die Etymologie ist nicht gesichert; vermutlich liegt französisch *picaillon*, Heller, zugrunde. In der spanischen Zeit Louisianas bezeichnete das kreolische Wort eine Silbermünze im Wert eines halben Real oder eines sechzehntel Peso. Nach dem Verkauf Louisianas an die Vereinigten Staaten ging der Ausdruck auf das amerikanische Fünf-Cent-Stück über. Die *New Orleans Times*, die erste Zeitung der Stadt, die zu diesem geringen Preis angeboten wurde, nahm ihn in ihren Titel auf.

ANITA SOLOMON: Die Leute hier sagten, was meiner Schwester passiert ist, sei eine schöne und traurige Liebesgeschichte. Schön fand ich sie nicht gerade, obwohl sich daraufhin die Nachtklubs um mich rissen und mir jede Summe für ein Engagement boten. Ich habe sie nämlich identifizieren müssen. Was an einem zerschossenen Schädel romantisch sein soll, verstehe ich nicht. Der Polizeiarzt gab mir recht; er sagte, es wäre ein Jammer. Unter der Haut sind wir alle gleich, hat er gesagt. Das Leben ist zu kurz für so einen Blödsinn. Ich muß jetzt rüber, sonst verpasse ich meinen Auftritt. Wollen Sie noch was wissen? Na, meinetwegen nach der Show. Warten Sie hier! ... Komischer Kerl, was der nur von mir will?

DER ERZÄHLER: Ich wartete stundenlang in Turcos Bar, einem Treffpunkt der obszön als Heiterkeit vermummten Tristesse. Es war ein miserabler Abend. Als sie wiederkam, erzählte ich ihr von der Erbschaft. Sie war begeistert von der Geschichte le Lauriers. Sie gefiel ihr ebenso gut wie die Aussicht auf das Geld. Sie brachte ein paar wirre Details von ihrer Mutter vor. Vielleicht war etwas Wahres daran. Ich gab ihr die Adresse eines Anwalts. Sie wollte ein paar hundert Dollar riskieren und versuchen, einen Anspruch durchzufechten. Ich sagte ihr, daß es wahrscheinlich eine harte Sache werden würde. Am Ende war sie ganz gerührt und etwas betrunken, und ich mußte sie nach Hause fahren.

Es war ein anstrengender Tag gewesen, und ich beschloß, ein wenig auszuruhen. Am nächsten Morgen telephonierte ich mit dem Mann in Baton Rouge, der als nächster auf meiner Liste stand, und traf eine Verabredung mit ihm. Am nächsten Tag badete ich am Seestrand von Pontchartrain. Am Abend fuhr ich hinaus nach Baton Rouge.

Ich erinnere mich nur vage an diese Stadt. Ein völlig sinnloser Wolkenkratzer, der das Capitol beherbergte und wie ein Fetisch am Flußufer stand, ist mir im Gedächtnis geblieben. Auf dem Weg zum Hotel kam ich an einer riesigen Ölraffinerie vorbei. Ich träumte nachts von ihren geisterhaften, stillen, riesigen Zelten, verirrte mich zwischen ihren großen Silberkugeln, im Gewühl der Kühlschlangen und Pipelines, der Hochgerüste und Kondensertürme.

Am Vormittag fuhr ich nach Beauregard hinaus. Es lag weit draußen, ein wunderbarer Herrensitz, klassizistisch, mit einer schneeweißen Tempelfront, umgeben von Magnolien, Zypressen, Sykomoren und Pekan-Bäumen. Der Hausherr erwartete mich auf der Veranda. Er war in Hemdsärmeln.

RALPH E. WILLIAM: Ralph E. William. Freut mich sehr. Willkommen in Beauregard. Einen Sherry? Sie entschuldigen meine Formlosigkeit. Sie wollen also diese Erbschaft loswerden. Kann ich Ihnen helfen? Sie brauchen wahrscheinlich ein paar Auskünfte über mich. Da ist nicht viel zu sagen. Ich bin ein Selfmademan, einer vom alten Schlag. Ich rede nicht von der Tradition, ich pfeife auf diesen romantischen Quatsch. Ich weiß, was ein gutes Geschäft ist.

Louisiana ist ein gutes Geschäft. Haben Sie die Raffinerie gesehen? Das ist mein Laden. Dieses Haus hier habe ich vor zwei Jahren gekauft. Den Pflanzern geht es nicht mehr so glänzend, wissen Sie. Wer kauft schon noch baumwollene Hemden? Polyvinyl-Synthesen, Chemiefasern, Schluß mit der Zupferei auf den Feldern, ist doch antiquiert. Baumwolle, Reis und Zucker: das war einmal. Heute geben wir in Louisiana den Ton an: Petroleum!

AUS DEM ZETTELKASTEN

Ein Gemenge oder Lösung von festen, flüssigen und gasförmigen Kohlewasserstoffen, die meist der Paraffinserie CnH2n+2 angehören und frei in der Erdkruste vorkommen. Die neulateinische Bildung ist erstmalig bei Paracelsus, *Chirurgische Bücher* 328, nachzuweisen. Zugrunde liegen griechisch *petros*, Felsen, und lateinisch *oleum*.

RALPH E. WILLIAM: Öl und Energievorkommen sind schon 1900 hier in der Gegend entdeckt worden, aber sowas braucht schließlich Zeit. Wir haben Milliarden hineingesteckt. Ich habe mich nach und nach hochgearbeitet. Meine Familie? Nein, mit der ist nicht viel Staat zu machen. Ein paar Vettern von mir müssen noch irgendwo im Delta drunten wohnen. Ich komme nie mit ihnen zusammen, kann ich mir gar nicht leisten, so etwas verdirbt nur den Kredit bei den Banken.

Sagen Sie, was ist eigentlich der Haken bei dieser Erbschaft? Irgendeinen Haken muß die Sache haben, einen dunklen Punkt! Na, davon dürfte es etliche geben in unserer Familie. Das glaube ich gerne. Von der farbigen Dame habe ich gehört. Ein Sechzehntel meines Blutes stammt wohl von ihr. Muß ein dolles Frauenzimmer gewesen sein. Das ist aber nicht für Ihr Stenogramm. Ich muß vorsichtig sein, in meiner Position, da genügt ein schwarzer Spritzer, und ich bin erledigt.

Einen Nachweis? Den könnte ich vermutlich führen. Aber es käme natürlich auf die Summe an. Mit wieviel anderen Claims ist zu rechnen? Das wissen Sie noch nicht. Ich muß mir die Sache erst genau überlegen. Vermutlich werden Sie auch meine Vettern interviewen. Die Adressen haben Sie ja.

Nein, ein Dampfer fährt dort schon lange nicht mehr hin. Die gemütlichen Zeiten von Mark Twain sind vorbei. Aber vielleicht kann ich Ihnen behilflich sein. Nehmen Sie doch einfach einen von unseren Hubschraubern. Ich will gleich mal telephonieren. Wir haben eine ganze Flotte davon, da drunten im Golf stehen doch unsere ganzen *oil rigs*, wissen Sie ...

AUS DEM ZETTELKASTEN

In seichten Meeresarmen oder in sumpfigem Gelände ist die Errichtung von Ölbohrtürmen oft nicht möglich. Man versenkt in den weichen Grund Schwimmer, auf denen ein Stahlskelett ruht. Diese künstlichen Inseln tragen außer der Bohreinrichtung meist auch Unterkünfte für das Personal. Das englische *rig* stammt aus der Seemannssprache und bezeichnet ursprünglich die Takelage eines Schiffes. Der Ursprung des Wortes ist dunkel; Zusammenhang mit norwegisch *rigga*, zusammenbinden, ist wahrscheinlich.

RALPH E. WILLIAM: Nee, mein Lieber, ich fliege nicht mit. Lust hätte ich schon, aber es geht aus gesundheitlichen Gründen nicht. Ich habe nämlich eine Allergie. Ärgerliche Geschichte! Ich kann absolut kein Rohöl riechen. Geschäftlich spielt das keine Rolle. Ich habe nur mit Finanzierungsfragen zu tun, wissen Sie. Und Geld ist nicht wie Petroleum. *Non olet*. Hat mich sehr gefreut. Gute Reise. Lassen Sie wieder von sich hören ...

DER ERZÄHLER: Was nun begann, war eine Traumreise in die Wildnis von Louisiana. Vor der Tankerreede der Raffinerie lagen drei feuerrot lackierte Hubschrauber. Ein Pilot winkte mir aus der Motorjolle am Kai zu. Er ließ mich einen Revers unterschreiben, und wir fuhren hinaus zu der Maschine. Ihr Libellenrumpf war fast rundum verglast. Wir stiegen ein. Die riesige Luftschraube begann sich schnatternd zu drehen. Der Tag war wolkenlos. Deutlicher als auf jeder Landkarte lag unter uns im harten Mittagslicht mit seinen weiten, von dichten Wäldern umgrenzten Schleifen, seinen fauligen toten Armen, den glitzernden Stichkanälen und Tümpeln seines Sumpflandes der große Fluß.

AUS DEM ZETTELKASTEN

Der Ursprung des Namens *Mississippi* ist ungeklärt. Die Anknüpfung an indianische Wurzeln, »alter Mann«, »großer Vater«, hat sich nicht begründen lassen. Endeckt wurde der

Strom im Jahre 1541 durch Hernando de Soto, den Gouverneur Kaiser Karls V. Er nannte ihn *Rio de la Concepción*. Dieser Name geht auf einen weitverbreiteten Aberglauben zurück. Es hieß damals, das Wasser des Mississippi könne zu Kindersegen verhelfen. Die Erforschung des Flusses geschah von Kanada aus durch französische Missionare und Pelzhändler. Daher kommen die vielen französische Namen, von *Dubuque* und *Prairie du Chien* im Norden der Union bis zu *Baton Rouge* und *Pointe à la Hache* im tiefen Süden. Seit dem frühen 18. Jahrhundert verzeichnet die Geschichte fast alljährlich Dammbrüche und Überschwemmungskatastrophen. Heute ist der Fluß durch Staudämme, Deiche, Schleusen und Überlaufbecken gebändigt.

DER ERZÄHLER: Die Landschaft unter uns zerriß in Buchten und Landzungen. New Orleans blieb, ein grauer Flecken im üppigen Schwarzgrün der Vegetation, links liegen. Waren das noch Binnenseen, war es schon der Golf? Der Pilot folgte den Windungen des Stroms. Die Uferstraße hörte auf. Der Fluß begann sich silbern aufzufächern. »Schluß mit der Zivilisation«, rief der Pilot mir zu, »Eidechsen und Moskitos, sonst nichts!« Endlich hingen wir über dem Delta.

AUS DEM ZETTELKASTEN

Der Name des vierten Buchstabens im griechischen Alphabet wird schon von Herodot auf das dreieckige, von vielen Armen durchquerte Gebiet zwischen den Nilmündungen übertragen. In der ersten Hälfte des 19. Jahrhunderts greift der Name auf andere Ästuarien über. Das Mississippi-Delta beginnt auf der Höhe von Venice, wo sich der *Main* und der *Grand Pass* vom Flußlauf trennen.

DER ERZÄHLER: Urwald und Wasser. Aber der Pilot sprach durch sein Mikrophon mit den Bodenstationen. »Sprechfunk«, sagte er, »wir haben über 120 *oil rigs* hier in der Gegend, jede hat ihren Sender, außerdem haben wir ein Dutzend Radarstationen. Sehen Sie dort unten?« Tatsächlich, über den riesigen Bäumen drehte sich auf einem Stahlgerüst eine Radarantenne. Dann sah ich das Ölfeld, eine Stadt aus Stahlrohren, aus glänzenden Tanks und hohen Rohrmasten, mitten in einem Tümpel. Wie eine Halluzination verschwand sie hinter unserm Rücken in der Wildnis. Der Pilot ging in eine Kurve, und ich sah unter mir eine Siedlung liegen. Es war die letzte vor der Mündung, ein Ort ohne Straße, ohne Postschiff, ein Ort am Ende der Welt. Wir gingen auf dem trüben gelben Wasser des Flusses nieder. Ich war in Pilottown.

AUS DEM ZETTELKASTEN

Die Siedlung heißt nach ihrer Existenzgrundlage, dem Lotsendienst. Englisch *pilot*, Lotse, stammt aus dem Französischen, *pilotte*, dem italienisch *pedota*, Lotse, zugrunde liegt.

DER ERZÄHLER: Frederick Louvé, dessen Spur ich bis in diesen äußersten Winkel Louisianas verfolgt hatte, traf ich zufällig gleich am Kai. Mein Pilot kannte ihn und stellte mich vor. Louvé trug einen schwarzen, sorgfältig gepflegten Schnurrbart. Er wirkte französisch wie sein Name, aber er wollte lieber Englisch reden.

FREDERICK LOUVÉ: Das ist lange her, wissen Sie. Meine Eltern sprachen wohl manchmal Französisch. Ich habe es vergessen. Dafür weiß ich immer, wieviel Fuß Wasser der Fluß führt, Yard für Yard, im ganzen Delta, bei Ebbe und Flut, wo die Baken und Pegel stehen, die Heulbojen und die Leuchtfeuer: *Dead Port Eads North* sendet ein weißes Dauerfeuer. Ich kann das alles im Schlaf hersagen.

Der Mississippi ist ein tückischer alter Bursche. Tiefen und Konturen wechseln von Woche zu Woche. Er wäscht Amerika langsam aus und schmeißt uns den gelben Dreck vor den Bug. Alle vierzehn Tage gibt das *Corps of Engineers* der *US Army* ein Blatt mit den letzten Lotungen heraus, und manchmal muß der Bagger her. Sonst verkleistert der Fluß uns die Passage.

Kommen Sie doch einen Augenblick herein in die Lotsenstation. Ich habe bis Mitternacht frei. Dann kommt die *Osaka* von New Orleans herunter, und ich muß sie rausbringen. Zeit für ein paar Whisky-Sodas und ein Kartenspiel. Gottverdammtes Klima. Wollen Sie über Nacht hier bleiben? Wir haben Moskitonetze drinnen. Ein Hotel gibt's nicht, aber wir geben Ihnen gerne ein Bett. Die Messe ist hinten, wir lassen es an nichts fehlen. Greifen Sie ruhig in den Kühlschrank. Wir haben auch eine eigene Kraftstation. Diesel, Öl gibt's ja genug hier, es läuft einem praktisch in die Schuhe. Lotse hier ist trotz allem ein gesegneter Beruf. Wir haben unsere Ruhe. Ich fürchte mich bereits vor meinem Urlaub. Nächste Woche soll es losgehn. Meine Frau sitzt fünfzig Meilen flußaufwärts, in Port Sulphur. Ausgerechnet ich habe eine Betschwester geheiratet. Eine Kirche haben sie dort nicht, und das Nest stinkt wie die Hölle, weil in der Gegend die größten Schwefelvorkommen der Vereinigten Staaten liegen.

AUS DEM ZETTELKASTEN

Lateinisch *sulphur*, Schwefel. Das für die chemische Industrie wichtige Element kommt häufig in der Nähe von Ölfeldern vor. Heißer Wasserdampf wird durch die Bohrlöcher in die schwefelführende Schicht gepumpt. Der Schwefel geht in Lösung und schießt unter Hochdruck aus dem Bohrkranz. Er wird sublimiert und als Schwefelblüte verladen.

FREDERICK LOUVÉ: Den Gestank hat meine bessere Hälfte bis jetzt nicht wegbeten können. Mir ist hier viel wohler. Wenn es mir zu dumm wird, steht dort in der Ecke der Kasten. Fernsehen! Jawohl, Sir, das gibt es alles in Pilottown, mitten im tiefsten Sumpf. Heute Abend kommt ein Boxkampf. Mögen Sie Boxen? Mike Wallach gegen Sugar Robinson. Hoffentlich gibt er dem Nigger ordentlich Saures. Ich kann Nigger nicht ausstehen. Gibt viel zu viele hier herum. Frech werden sie auch noch. Die Mulatten sind die Allerschlimmsten. Heiße Weiber, wenn sie siebzehn sind, aber mit dreißig sind sie schon zu alt. No, Sir, in der Beziehung ist nichts los hier. Was treibt Sie eigentlich her, ans Ende der Welt?

DER ERZÄHLER: Vorsichtig steuerte ich mein Thema an. Ich fürchtete, die Geschichte Stéphanie Solomons würde bei ihm auf wenig Verständnis stoßen. Aber ich sah mich getäuscht.

FREDERICK LOUVÉ: Solomon? Es gibt einen Lümmel hier, der so heißt. Auch einer von der Mulattengesellschaft. Wäre schade, wenn das gute Geld an so einen ginge. Der wüßte doch nichts damit anzufangen. Warten Sie – le Laurier ... le Laurier ... Ich glaube, ich habe den Namen von meiner Mutter gehört. Meine Alte hat noch einen Kasten mit Papierkram, und dann die Kirchenbücher, Taufscheine und so weiter ... Vielleicht reicht es zu einem Claim. Ich hätte Lust, es wenigstens zu versuchen.

DER ERZÄHLER: Ich vermied es taktvoll, Frederic Louvé auf seine kleinen Widersprüche aufmerksam zu machen. Die Einladung für die Nacht nahm ich an. Es blieb mir ja nichts anderes übrig. Dagegen zeigte ich wenig Lust auf eine Partie Poker. Schließlich hatte ich noch zwei weitere Namen aus Pilottown auf meiner Liste.

Es war eine seltsame Ansammlung von Häusern, die im gelben, schlammigen Wasser standen. Einen Weg gab es nicht. Man mußte auf schmalen, wackligen Holzstegen balancieren. Die Moskitos plagten mich. Salamander und Spinnen liefen vor mir her, und zahllose Kröten ließen sich eilig ins Wasser plumpsen. Die Bäume standen tief in der Brühe. Unrat und Holz trieben auf der Oberfläche. Ein paar Kühe hatten sich auf eine schmale Landzunge geborgen und starrten ins Wasser. Es dämmerte. Vögel regten sich im Unterholz, Boote quatschten leise am Steg. Ganz am Ende der zitternden Brücke fand ich den Mann, den ich suchte, in einer kleinen Baracke. Eine Öllampe stand auf dem Tisch. Der Junge drehte sich sorgfältig eine Zigarette.

MIKE SOLOMON JUNIOR: Entschuldigen Sie, ich habe nur diese Funzel. Immer noch besser als nichts. Die Lichtleitung reicht nämlich nur bis zu Dexters House. Es lohnt sich nicht, haben sie gesagt, sie bis zu dir heraus zu legen. Höchstens, wenn du sie selber bezahlst. Das kommt nicht in Frage.

Vor ein paar Jahren, ehe die Ölbosse ihr Geschäft aufgemöbelt haben, waren die Lotsen ganz bescheidene Leute. Die hatten auch nichts Besseres auf dem Tisch als wir: eine Petroleumlampe. Aber die Großmäuler werden täglich mehr im Delta, und die Cajuns immer weniger.

AUS DEM ZETTELKASTEN

Die französischen Kolonisten nannten die neuentdeckte Insel vor der kanadischen Küste, die heute Neuschottland heißt, *Acadia*. Im 18. Jahrhundert wurden sie von den Briten vertrieben und zerstreuten sich über ganz Nordamerika. Die Spanier, die damals noch Louisiana beherrschten, nahmen viele von ihnen auf. Der Ortsname *Acadia* wurde im Kreolischen zu *cajun* entstellt. Später übertrug er sich auf alle Fischer, Trapper und Jäger, die im Mississippi-Delta lebten.

MIKE SOLOMON JUNIOR: Aber was glauben Sie, wenn man den Öljungs ihre weißen Motorboote wegnähme und ihre Kopfhörer, wie schnell die verschütt gingen hier im Delta. Da kommen sie nicht hin mit ihren Hubschraubern. Glatt verhungern würden sie. Und dabei gibt's hier das feinste Fleisch der Welt. Sehen Sie, das ist mein Zwilling, Kaliber null vierundneunzig. Das gute Stück hat mich noch nie im Stich gelassen. Außerdem habe ich überall Fallen stehen. Im *Man Inside Pond* gibt es Nutrias, wenn man weiß wo.

Das halbe Delta haben sie neuerdings zum Naturschutzgebiet erklärt und einen Wildschutzkommissar eingestellt, der aufpassen soll.

Wozu? Was soll das? Meinen die, ich soll von der Luft leben? Eine Nutria bringt am meisten Geld, mehr als ein Otter oder ein Bisam. Letzten Monat habe ich fünf erwischt.

AUS DEM ZETTELKASTEN

Die *Nutria* ist ein Nagetier Süd- und Zentralamerikas, dessen Pelz sehr gesucht ist. Es lebt im Wasser. Das Wort stammt vom lateinischen *lutra* und bedeutet im Spanischen »Otter«. Den alten einheimischen Name des Tieres, *coypu*, hört man nicht mehr. Der ist vergessen.

MIKE SOLOMON JUNIOR: Das Öl macht die Tiere krank. Alles voller Pipelines. Sollen die Herren vom Tierschutz sich mal darum kümmern! Und die Flugzeuge machen die Vögel irre. Vor ein paar Jahren hat es noch gewimmelt von wilden Truthähnen. Die Kraniche kommen auch nicht mehr, und der Fasan brütet nur noch in den abgelegenen Bayous, *Bayou la Graisse, Ronde Bayou, Bayou Tambour* ... Bald kann ich meine Vogelflinte wegschmeißen, wenn das so weitergeht.

AUS DEM ZETTELKASTEN

Ein *Bayou* ist in Louisiana ein versumpfter, toter Flußarm, ein stagnierendes Seitenwasser. Ob das Wort sich über französisch *boyou*, Darm, von lateinisch *botulus* herleitet, das soviel wie Wurst bedeutet? Das könnte sein, ist aber ungewiß.

MIKE SOLOMON JUNIOR: Für die Bayous gibt es nichts Besseres als die gute alte Piroge. Sechs Meter lang und einen halben Meter breit; einen Mann trägt sie, mehr nicht. Sie gehorcht dem leisesten Flackern meines Paddels, und sie ist lautlos! Wenn ich nachts hinausfahre, schnalle ich mir die Karbidlampe vor die Stirn und entsichere den Zwilling. Der geringste Laut kann alles verderben. Es gehört Geduld dazu, ein gutes Augenlicht und eine sichere Hand. Und Glück. Wenn ich Glück habe, sehe ich vor mir im Baumschatten zwei Augen leuchten. Direkt zwischen die Augen halten! Das ist der einzig sichere Fleck. Wenn man nicht trifft, schlägt der Alligator den Bayou zu Schaum, und die Piroge kippt.

Aber ich treffe immer! Die Madonna hilft mir. Dann sickern aus dem kleinen Loch im Panzer ein paar Tropfen vom schwärzlichen Blut des Alligators, und sein Kopf fällt zusammen. Ich binde ihn fest und hole ihn am Morgen mit dem großen Boot ein. Für die Piroge ist das alte Scheusal zu schwer.

AUS DEM ZETTELKASTEN

Die Gattung *Alligator* gehört zur Familie der Krokodile. Der Name ist vererbt aus *el lagarto*, dem spanischen Namen der Eidechse, der auf die lateinische *lacerta* zurückweist. Das Wort hat die autochthone Bezeichnung *kaiman* aus karibisch *acáyouman* so gut wie völlig verdrängt.

MIKE SOLOMON JUNIOR: Viel ist's nicht, aber drei Dollar bezahlt mir der Händler pro Fuß. Meistens ist ein Alligator zehn bis zwölf *feet* lang. Manchmal ist ein großer alter Kerl dabei. Der bringt mir fünfzig Dollar ein. Dann fahre ich mit Carlos nach Venice, lade ein paar Mädchen ein und bringe das Geld durch.

DER ERZÄHLER: Was sollte ein Kerl wie Mike mit einem Vermögen anfangen? Er erklärte sofort, damit würde er sich ein schnelles Motorboot anschaffen. Das war offenbar ein alter Traum. Den Ölfritzen würde er es schon zeigen!

Der Junge gefiel mir. Er war höchstens neunzehn, aber er redete wie ein Mann. Mit dem Papierkram wollte er nichts zu tun haben. Ich versuchte ihm beizubringen, daß die Sache ohne Beweise aussichtslos war. Ich sollte die Alte fragen, meinte er, Josy Solomon, seine Mutter; die hätte ein Gedächtnis wie ein Biber. Nun, auf meiner Liste stand sie ohnehin. Ich versprach ihm, mich um seine Chance zu kümmern.

Meinen Freund Carlos müssen Sie kennenlernen, sagte er. Der kann Sie zurückbringen morgen früh; denn Ihr Hubschrauber hat sich längst aus dem Staub gemacht.

Ich schlief wenig in dieser Nacht. Glühwürmchen tanzten am Moskitofenster der Lotsenstation. Die dreistöckigen Betten knirschten, wenn sich ein Schläfer umdrehte. Von meinem Oberdeck aus sah ich die Dampfer, hell erleuchtet, wie Fata Morganas hoch über dem

Ufer vorbeiziehen. Die Sirenen schrieen sich heiser. Ab und zu kam einer von den Lotsen, und ich hörte die Barkasse vom Pier her tuckern. Fern am Horizont standen rote Fackeln. Weit draußen im Golf, wo neue Quellen erbohrt, aber noch keine Ölleitungen verlegt waren, verbrannten Tag und Nacht zehntausende von Fässern Öl. Es war der einzige Weg, das Zeug loszuwerden. Hätte man das Öl ins Meer fließen lassen, so wäre drei Tage später im flachen Golf kein Fisch mehr am Leben gewesen. Ich dachte an die Leute auf den *oil rigs*, die unter der Lohe schliefen. Der Himmel grünte schon, als ich endlich Schlaf fand.

Am Morgen war Louvé verschwunden. Auf einmal hatte ich die Lust auf diese Erbschaftsgeschichte verloren. Aber auf meine Stimmung kam es nicht an. Ich war ja nicht zum Spaß hier. Ich machte mir in der Messe ein kräftiges Frühstück zurecht, schrieb auf einen Zettel »Vielen Dank« und schritt über die quietschenden Planken zu Carlos Williams Hütte. Sie war offen, aber nur eine Horde Katzen saß auf dem Tisch. Der Hausherr war nirgends zu sehen. Ein kleiner Junge zeigte mir sein Boot. Er saß mit einer Dose Bier auf dem schmalen Deck.

CARLOS WILLIAM: Nach Venice wollen Sie? Haben Sie schon genug vom Ende der Welt? Sie haben recht, hier gibt es keine Ruhe mehr. Überall dieser Schleim, Fernsehantennen und Jukeboxen. Leere Coca-Cola-Flaschen und Benzinfässer. Den ganzen Dreck haben sie hierhergeschleppt. Die Zivilisation ist schlimmer als die Moskitos.

Sie haben Glück, ich wollte eben losfahren, weil ich den ganzen Kasten voll Fisch habe. Dafür werde ich mir hundert Dosen Bier und eine Kiste Whisky eintauschen. Ich habe zu trinken angefangen, seitdem das Delta vor die Hunde geht. Von früh bis spät finden Sie mich mit einer Blechbüchse in der Hand. Am Anfang habe ich mich aufgeregt, wenn es hieß, Carlos William, das versoffene Schwein, taugt auch nichts mehr. Wenn eine Schlägerei losgeht oder sonstwas passiert, geht er fischen und läßt sich volllaufen draußen auf dem Golf, statt daß er Ordnung schafft. Das sagen sie, weil ich hier in Pilottown der Sheriff bin.

AUS DEM ZETTELKASTEN

Der gewählte Beamte, der für die Aufrechterhaltung der öffentlichen Sicherheit in seinem Distrikt verantwortlich ist, heißt in den Vereinigten Staaten *Sheriff*. Im altenglischen *scirgeréfa* bedeutet die erste Silbe soviel wie Ordnung, Verwaltung oder Bezirk. Die zweite Hälfte des Wortes deutet auf einen Vogt hin und hängt möglicherweise mit dem deutschen Wort *Graf* zusammen.

CARLOS WILLIAM: Weiß der Teufel, warum sie mich gewählt haben. Wahrscheinlich wollen sie ihre Streitereien am liebsten unter sich abmachen. Meinetwegen! Ich stehe am Ruder, voller Bier, und lasse den Kahn über das schmutzige Wasser schießen, bis ich den Fisch rieche. Dreiundsechzig Jahre im Delta: Ich weiß genau, wo er steht. Ich mag saufen, soviel ich will, mein Arm zittert nicht, wenn ich Netz und Leine auswerfe. Manchmal bin ich drei, fünf, sechs Tage draußen. Fisch, soviel Sie wollen: Thun, *Pampanos* und *Tarpon*, Hummer und *Redfish*. Sechs mal neun Fuß ist die Kajüte, groß genug für einen, der seine Ruhe haben will. Meine Bude habe ich den Katzen überlassen. Ich schlafe im Boot. Nehmen Sie noch einen Schluck! Na, dann wollen wir eben mal wieder.

DER ERZÄHLER: Eine Handbreit über dem gelben, weiten, mächtigen Strom, gegen den Wind und gegen das Knattern des Motors rief ich meine Geschichte aus. Ich kam mir vor wie ein Vertreter, der dem Mississippi eine Waschmaschine verkaufen will. Hörte mir überhaupt noch jemand zu? Die Fluten wuschen mir die Geschichte des Herrn le Laurier vom Mund. Im Rohr quarrten Wasservögel. Der Wind fuhr in die Kronen der immergrünen, schwarzen Bäume und spielte mit den langen Moosgirlanden, die aufs Wasser niederhingen.

William lachte mich aus. Er sei der Universalerbe des lieben Gottes, rief er mir zu. Was im Wasser schwimme und krabble, gehöre ihm, und er versaufe es mit Kopf und Schwanz und Gräten. Er war schwer betrunken. Ich gab auf, lehnte mich an das Verdeck und ließ das ferne, immer gleiche Ufer, das Treibholz und die plärrenden Möwen an mir vorüberziehen. Es war erstaunlich, wie sicher der alte Säufer steuerte. Er starrte vornab auf den Radarturm von Venice, der sich am Ufer abzeichnete. Er brachte mich hin, aber er hatte mich schon vergessen.

Die Luft war zum Ersticken. Sie legte sich in der Kneipe, wo ich ein paar Sandwiches aß, wie ein heißer Waschlappen auf die Brust. Der Wirt lachte, als ich nach Josy Solomon fragte. Was wollen Sie von der alten Hexe? Die ist doch nichts für Sie. Aber wie Sie wollen! Sie brauchen nur die Stichstraße am *Jump* vorbei zu nehmen. Sie können es nicht verfehlen. Am *Red Pass* können Sie das Haus sehen. *Half House* heißt ihre Bude.

Das Haus sah wirklich halb verfallen aus. Eigentlich bestand es nur aus einem Haufen von Brettern, die sich an einen Kamin anlehnten, und aus einer großen, baufälligen Veranda. Eine Frau saß pfeiferauchend auf einem Schaukelstuhl und sah mich gleichmütig an. Sie hatte die Würde eines Menschen, der immer auf sich selbst angewiesen war. Ihr Haar reichte in pechschwarzen Strähnen bis auf die Schultern. Sie mochte fünfundfünfzig sein, eine Anna Magnani des Urwalds. Die Zeit hatte ihr halb spanisches, halb indianisches Profil zerstört.

Ich sprach sie an.

JOSY SOLOMON: Josy Solomon? Ja, die sitzt hier und schaukelt im Schatten und denkt an ihre guten Tage. Setz dich nur. Die Kinder machen einen Bogen um mein Haus, und ich kriege selten Besuch. Wenn ich nach Venice hineinkomme, schreien sie mir nach: »Alte Hexe, *Voodoo, Voodoo*!« Als wenn die wüßten, was *Voodoo* ist!

AUS DEM ZETTELKASTEN

Vodu **oder** ***vodo*** **ist in verschiedenen westafrikanischen Dialekten ein weit verbreiteter Sammelname für magische Praktiken und Zauberriten.**

JOSY SOLOMON: Ich glaub', sogar meine eigenen Kinder halten mich für eine Hexe. Meinetwegen, sollen sie sich ihr Futter selber suchen. Es sind zwölf Jungen und zwei Mädchen. Vielleicht sind sie gar nicht mehr alle am Leben. Sollen sie hingehen, wo der Pfeffer wächst, wenn sie mein altes zerfressenes Gesicht nicht mehr sehen wollen. Früher ging es hier anders zu. Die Gitarren spielten im Half House die ganze Nacht, und die Cajuns und die Skipper kamen einer nach dem andern herein. Wenn sie mir gefielen, konnten sie die Nacht über bleiben. Nur wenn sie anfingen, vom Heiraten zu reden, dann warf ich sie hinaus.

Ich bin immer mein eigener Herr gewesen, und die Kinder habe ich allein aufgezogen. Wozu hätte ich mir so einen alten Säufer an den Hals hängen sollen? Es war eine gute Zeit. Hier auf der Veranda sind sie gesessen, die witzigsten Burschen aus dem ganzen Delta. Golddollars und Fische, Pelzwerk und Schnepfen haben sie mir gebracht. Und wenn einer zuviel da war, dann gab es Krach, und sie rauften im Mondlicht miteinander. Das ist schon eine gute Weile her, mein Junge. Aber das Half House hat alles überstanden. Nie ist mir damals der Regen ins Bett gelaufen. Weißt du, was mir das Haus verhagelt und alles zerfetzt und weggeschwemmt und mir den Rest gegeben hat? Das war am 26. September 1956. Den Tag werden wir nie vergessen hier im Delta. Wo du herkommst, da haben sie nie was von *Flossie* gehört. Sie wissen nicht, was das ist: ein Hurrikan.

AUS DEM ZETTELKASTEN

Das Wort ist aus karibischem *achurakan* über spanisch *huracan* in die europäischen Sprachen eingedrungen. Es bezeichnet tropische Zyklone, die über der Karibischen See entstehen und mit Windgeschwindigkeiten zwischen 120 und 210 Kilometern in der Stunde nach Norden abziehen. Seit 1950 werden diese Wirbelstürme vom zentralen Warndienst mit Namen wie »Mabel«, »Hazel« und »Flossie« bezeichnet.

JOSY SOLOMON: Vierzehn Tote gab es allein in Venice, und die Häuser trieben wie Pappschachteln den *Old Man River* hinunter. Der Sturm selbst hat uns nicht getroffen, es war die Springflut, die uns das Hemd vom Leib gewaschen hat.

Meine Eltern? Was hast du mit denen im Sinn? Nein, die haben nicht hier gewohnt, die lebten in der Stadt. Meine Mutter war fromm. Die *Big Marie* hat sie geheißen. Es war der Krebs, an dem sie gestorben ist. Aber sie war so katholisch, daß sie partout an einem Karfreitag verenden und am Ostersonntag begraben werden wollte. Der Doktor sagte, das wird sie nicht mehr schaffen; zwei Monate, länger mache sie's nicht mehr. Die *Big Marie* bestellte sich einen Sarg und kaufte ein Spitzenhemd. Dann fing sie an zu beten. Und sie hat es wahrhaftig geschafft. Sie liegt im Saint-Patrick-Friedhof in New Orleans begraben.

Als sie tot war, wollte mich mein Vater anständig erziehen. Da bin ich durchgebrannt. Was für eine Stéphanie? Von der weiß ich nichts. Eine Großtante von mir soll das gewesen sein? Das kann sein. Du glaubst wohl an die Kirchenbücher? Aber die Liebe geht nicht nach dem Papier, Junge. Und wenn ich eine Erbschaft kriege, dann schick den Postmeister mit einem Sack voll nagelneuer Hundert-Dollar-Noten. Mir soll es recht sein. Doch bis dahin werden wir unseren Gumbo löffeln wie bisher. Willst du einen Teller haben? Er ist ganz frisch.

AUS DEM ZETTELKASTEN

Der Ausdruck *gumbo* scheint aus dem Patois der Neger zu stammen. Die Etymologie ist ungeklärt. Dieses kreolische Gericht ist eine stark eingedickte Suppe aus Reis und Okraschoten mit Krebs- und Garnelenfleisch. Die getrockneten Blätter des *Sassafras*-Baumes sind als Gewürz unentbehrlich.

DER ERZÄHLER: Der Gumbo verbrannte mir schier den Magen, aber er war köstlich. Josy gab mir das Rezept und einen Beutel mit Gewürz dazu. Nachdem ich eine halbe Stunde lang wie ein Billiger Jakob auf sie eingeredet hatte, versprach sie mir, sich um ihren Anspruch zu kümmern, die notwendigen Papiere zu sammeln und sie bei meiner Firma einzureichen.

Ein wackliger Autobus brachte mich am anderen Morgen wieder nach New Orleans. Dort stellte ich noch eine Reihe von Nachforschungen bei den Standesämtern und Pfarreien an. Dann flog ich nach Boston zurück.

Mein Chef, Mr. Priggins, hörte sich meinen Bericht mit saurer Miene an. Was ich erzählte, schien ihn in seiner Abneigung gegen den ganzen Fall zu bestärken.

Einen Monat später verließ ich Boston und kehrte nach Frankreich zurück. Die Kanzlei, die ich in Rennes eröffnet habe, ist einträglich und langweilig. Ich konnte mir die Geschichte der Suzanne Solomon und ihrer Erben nicht ganz aus dem Kopf schlagen. Deswegen schrieb ich an meinen ehemaligen Brotgeber in Neuengland und ersuchte ihn um Auskunft über den Fortgang der Sache. Hier ist seine Antwort:

AUS DEM ZETTELKASTEN

Dear Sir, Ihrem werten Schreiben vom 4. *currentis* entnehme ich, daß Sie der Erbschaftsangelegenheit Stéphanie Solomon/ Unbekannt ein freundliches Interesse bewahrt haben. Ich

gestatte mir, Ihnen mitzuteilen, daß eine Klärung der erwähnten Angelegenheit bislang nicht erfolgt ist. Die von Ihnen im vergangenen Jahr angebahnten Verhandlungen haben zur Anmeldung von drei Ansprüchen geführt, denjenigen von Miss Anita Solomon, New Orleans, Ralph E. William, Esquire, Baton Rouge, und Mr. Frederick Louvé, Pilottown, Louisiana.

Mr. William hat seinen Anspruch bald zurückgezogen, wohl um der unliebsamen Publizität auszuweichen, die sich des Falles bemächtigt hat. Die Ansprüche Louvé und Solomon haben sich trotz genauester Prüfung nicht hinreichend substantiieren lassen. Eine Ausschreibung in den Blättern führte zu dem unerfreulichen Ergebnis, das wir erwartet haben. Von 618 eingegangenen Briefen konnte unsere Kanzlei 578 bereits nach flüchtiger Durchsicht als Produkt übersteigerter Einbildungskräfte ausscheiden. Die restlichen Fälle werden noch bearbeitet; doch darf ich, ohne dem Ergebnis der Untersuchung vorgreifen zu wollen, als meine persönliche Auffassung aussprechen, daß ich auf Grund der vorliegenden Unterlagen fürchte, die Sache werde sich nicht zu einem Abschluß im Sinne der Erblasserin bringen lassen.

Mit dem Ausdruck meiner vollkommenen Hochachtung

Ihr ergebener Philipp E. Priggins

für *Priggins, Priggins, Phipps & Priggins, Solicitors.*

DER ERZÄHLER: Die Urenkel des Jean-Baptiste le Laurier werden ihr Erbe also nie antreten. Aus Stolz, aus Gleichgültigkeit, aus Angst, Vergeßlichkeit, Hochmut oder Weisheit werden sie Thun und Nutria jagen wie bisher, sich vor den Touristen in der Bourbon Street entblößen oder von einem Schaukelstuhl in den Urwald starren. Frederick, der Lotse, wird seine Nächte weiter auf fremden Schiffen zubringen, Stéphanie neue Namen für ihre Parfums erfinden, und Mike Solomon die gläsernen Augen seiner Vögel hüten, als wären es seine eigenen.

Fatal waren das kleine Loch unter dem Herzen des Herrn le Laurier, fatal die Verbannung der schönen Suzanne Solomon. Ihre goldene Zeit ist vorbei, doch ihr Verhängnis überschattet ihre Kinder und Kindeskinder.

Ihre dunkle Erbschaft liegt auf dem Grund der Bayous. Wenn Sie sich über das grüne, tiefe Wasser beugen, werden Sie vielleicht eine Frau in einer Robe aus schwarzer Seide erblicken. Ihre Haut ist oliv getönt, und der Schmelz ihrer Augen ist wie ein Duft aus Patchouli und Spanisch Moos. Ein Ölfleck breitet sich auf dem reglosen Wasserspiegel aus und verhüllt langsam – ein Leichentuch, in tausend Farben schillernd – ihr atemberaubendes Gesicht.

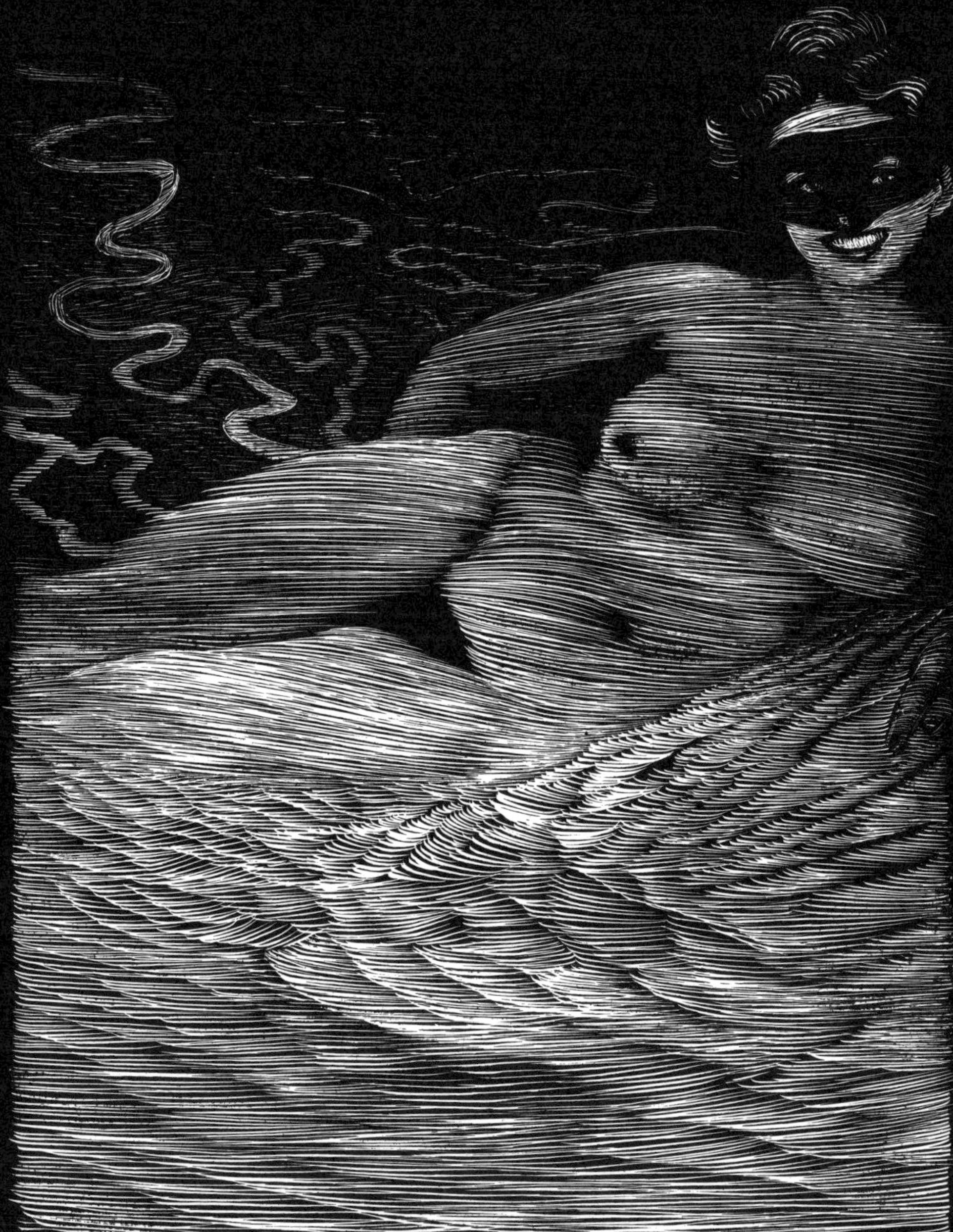

EINE SCHLUSSNOTIZ AUS DEM JAHR 2019

Amerika war in den 1950er Jahren für einen deutschen Studenten nicht mit einem Mausklick zu erreichen.

Die Überfahrt auf dem Zwischendeck dauerte fünf bis sechs Tage. Flüge waren teuer. Außerdem musste jeder, der diese märchenhafte Region aufsuchen wollte, ein Visum beantragen.

Zum Glück für alle, die nach dem Krieg auf der westlichen Seite gelandet waren, gab es in den USA aber eine großzügige Regierung und viel strategisches Kalkül. Anders als heute brauchten die Vereinigten Staaten europäische Verbündete gegen die Sowjetunion. Der sich anbahnende Kalte Krieg war für den Osten ein Desaster. Für mich war er ein Segen.

Denn wer Glück hatte und sich einigermaßen auf Englisch ausdrücken konnte, für den gab es vielfältige Programme, Stipendien, Sommerkurse an Universitäten, Gelder von Stiftungen. Und Freifahrtscheine ins gelobte Land.

Eine solche Bonanza wurde auch mir zuteil, und im Alter von 28 Jahren beschloß ich, »die Staaten« vier Monate lang von Maine bis Texas und Florida bis Arizona zu durchqueren, und zwar mit dem billigsten Medium, das es gab: dem Greyhound-Netz der Überlandbusse, das mich auch nach Louisiana brachte.

Dort wollte ich dem mächtigsten Fluß des Kontinents, dem Mississippi, bis an seine Mündung folgen und überließ mich dem Zufall, seinen Launen und Begegnungen.

Die Eindrücke dieser Fahrt entstanden im Sommer 1957. Man merkt der danach für den deutschen Rundfunk geschriebenen Erzählung an, dass sie keinen dokumentarischen Anspruch erhebt. Der Verfasser geht mit der Geschichte Louisianas ziemlich frei um. Er hält sich nicht an den heutigen Sprachgebrauch und lässt die Leute so sprechen, wie sie es damals eben taten.

Wie weit sich New Orleans und das Mississippi-Delta seither verändert haben, weiß ich nicht. Aber in einem etwas wirren Film von Bertrand Tavernier aus dem Jahr 2009 sieht die Gegend genau so aus wie damals. Daran haben weder die Politiker noch die Hurrikane viel ändern können. Auf gut Französisch heißt das: *Plus ça change, plus c'est la même chose.*

HANS MAGNUS ENZENSBERGER wurde 1929 in Kaufbeuren geboren. Als Lyriker, Essayist, Biograph, Herausgeber und Übersetzer ist er einer der weltweit bekanntesten deutschen Schriftsteller. Bei Hanser erschienen unter anderem *Der Zahlenteufel* (1997), *Wo warst du, Robert?* (1998), *Esterhazy* (2009) und *Bibs* (2009).

ANDREAS THALMAYR veröffentlichte 1985 in Hans Magnus Enzensbergers Anderer Bibliothek den berühmten Lyrik-Verführer *Das Wasserzeichen der Poesie*. Im Hanser Verlag folgten unter anderem *Lyrik nervt! Erste Hilfe für gestresste Leser* (2003), *Schreiben für ewige Anfänger. Ein kurzer Lehrgang* (2018) und zuletzt gemeinsam mit Hans Magnus Enzensberger ziemlich eingedeutscht Mark Twains *Aus den Erinnerungen von Adam und Eva* (2019).

HANNES BINDER, geboren 1947 in Zürich, ist ein Schweizer Comiczeichner, Illustrator und Maler sowie seit 2005 Dozent für Illustrationsgeschichte an der Hochschule für Gestaltung und Kunst in Luzern. Er beherrscht die seltene Technik des Schabkartons, in der seine Illustrationen gehalten sind.